D0461684

Coordinador de la colección: Daniel Goldin
Diseño: Joaquín Sierra, sobre una maqueta
original de Juan Arroyo
Diseño de portada: Joaquín Sierra
Dirección artística: Mauricio Gómez Morin

A la orilla del viento...

Para Leila

J
SPA
FIC

Primera edición en inglés: 1994
Primera edición en español: 1997
    Segunda reimpresión: 2001

Título original: *Where the Whales Sing*
© 1994, Greenleaves Pty, Ltd., Australia

D.R. © 1997, Fondo de Cultura Económica
Av. Picacho Ajusco 227; México, 14200, D.F.

ISBN 968-16-5438-2
Impreso en México

VICTOR KELLEHER

ilustraciones de
Andrés Sánchez de Tagle

traducción de
María Vinós

Donde las ballenas cantan

FONDO DE CULTURA
ECONÓMICA

Dormiré, y me iré con los barcos en movimiento.
Cambiaré a la par de los vientos, rodaré en la marea.

A. C. SWINBURNE, *El triunfo del tiempo*

A la deriva

❖ CLAIRE MIRÓ a través de la lluvia y el viento con la esperanza de obtener una vista mejor. El barco, sacudiéndose y meciéndose bajo sus pies, había caído en un surco bordeado de espuma, de modo que debió esperar una nueva oportunidad. Pero al remontar la siguiente ola, con la vela tirante por encima de su cabeza, lo vio otra vez: un chorro de vapor disparado hacia el cielo; precisamente el tipo de chorro que lanzan las ballenas yubartas al salir a la superficie.

—¡Allí! —gritó, volviéndose hacia su padre quien estaba junto a ella en la cabina, con ambas manos aferraba el timón.

Acercó su boca al oído de ella.

—Es probable que sea sólo un roción de agua —gritó—. De cualquier modo no podemos seguir. El mar está demasiado picado.

Ya daba vuelta al timón, y el barco viraba con estruendo de velas hacia su nueva ruta, que los llevaría de regreso a Sydney.

—¡Pero sí lo vi! —insistió, gritando a través del ruido del creciente vendaval.

Él sacudió la cabeza; gotas de lluvia cayeron en cascada de su nariz y barbilla.

—Así no se puede ver nada —rugió— . El año que viene lo intentaremos de nuevo.

¡Un año! La desilusión la golpeó más fuerte que el viento. Durante semanas se había preparado para este viaje; leyó todo lo que pudo sobre las ballenas yubarta, convenció a su padre de dejar por un fin de semana las carreras de yates para traerla; todo con la esperanza de ver una manada en su migración de verano, hacia el sur. Y aquí estaban, vencidos por el clima, con la perspectiva deprimente de tener que esperar todo un año antes de poder intentarlo de nuevo.

—Papá, por favor —comenzó —, ¿no podemos seguir un rato más?…

El brusco movimiento del barco, que reparó como una bestia, cortó sus palabras. La violencia de la sacudida la lanzó fuera de la cabina del timón y cayó de lado. Mientras colgaba allí, sostenida sólo por su arnés de seguridad, vio la curva de una enorme forma negra pasar debajo. Entonces, un nuevo golpe sacudió al barco, con tal fuerza que lo alzó sobre el agua y lo volcó.

Mientras era arrastrada hacia abajo comprendió lo que había pasado. Una de las ballenas que entrevió antes había emergido justo debajo del barco. "¡Me voy a ahogar!", pensó desesperada. Pues el agua oscura que corría sobre su rostro inundaba su boca y su nariz, y amenazaba con sofocarla. No valía la pena resistirse, el estruendo y el torrente de agua continuaban igual. Lo único que podía hacer era retener el aire que trataba de escapársele, mantener los dientes trabados hasta que, con otro tirón violento, se vio impulsada hacia la luz turbia y el viento.

Se encontró de nuevo en la cabina, de pie, con el agua hasta las rodillas. El resto del barco estaba arruinado: el mástil caído; la vela, como el ala rota y torcida de una enorme ave, flotaba en el agua; los pasillos estrechos de cubierta estaban llenos de agua y medio enterrados en un lío de cables y cuerdas.

—¡Papá! —gimió.

Y enseguida lo vio, su cabeza y sus hombros flotaban en el vaivén de una ola, no lejos del barco. Se esforzaba por alcanzar la vela, pero cada brazada parecía alejarlo más.

Arrancó el salvavidas del costado de la cabina y lo arrojó hacia él, como le habían enseñado a hacerlo. Hubiera sido un buen tiro a no ser por el viento, que lo levantó y lo mandó volando en otra dirección.

El barco se meció lentamente, como si fuera a voltearse otra vez, y mientras aún había tiempo, Claire se quitó el arnés, abrió la compuerta y bajó al camarote. También estaba inundado; el agua le llegaba a los tobillos y en ella flotaban toda suerte de cacharros de cocina, que chocaban ruidosamente contra uno y otro lado con el movimiento del barco. De prisa, a tientas, encontró la lancha inflable guardada debajo de una de las literas y la cargó escaleras arriba.

Su padre estaba más lejos ahora, y en la misma dirección que el viento. Agitó los brazos al verla reaparecer en cubierta y le gritó palabras que ella no pudo descifrar.

—¡Todo está bien, ya voy! —le contestó, y jaló el cordón de la lancha.

La rapidez con la que se infló la sorprendió. Se oyó el siseo agudo del gas, y la lancha se retorció entre sus manos como un animal, creciendo mágicamente hasta formar una lancha techada, demasiado grande para la

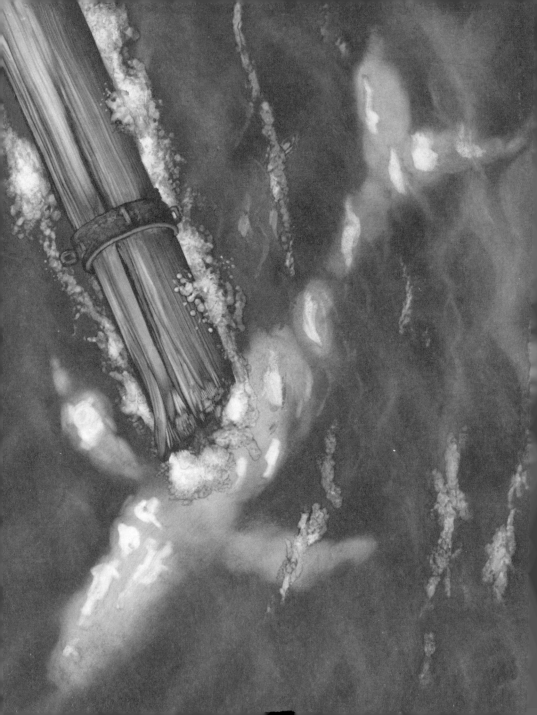

cabina. Trató de sujetarla mientras se desplegaba a su tamaño final, pero una fuerte racha de viento la empujó sobre la borda y la arrancó de sus manos.

Pensó seriamente en seguirla. Acuclillada en la popa, se preparó para saltar, titubeó, y al fin se contuvo, porque el viento llevaba la lancha con mayor rapidez de lo que ella hubiera podido nadar. Deslizándose por encima de las olas, la lancha se dirigió hacia su padre. Él agarró la cuerda y enganchó un brazo en uno de los costados de la lancha inflable; pero antes de que lo viera subir en ella cayó una ráfaga de lluvia y Claire lo perdió de vista.

Al principio no podía creer lo que le había pasado. Ahí estaba: ¡completamente sola, en un barco arruinado, en medio de una tormenta! Ni en sueños había imaginado algo así, y por un momento se quedó de pie, desvalida, la mirada tristemente clavada en la ondulante cortina de lluvia.

El fragor de una ola que rompió sobre ella la forzó a reaccionar. Completamente alerta, miró a su alrededor, analizado su situación.

A pesar del agua en la cabina, el barco aún navegaba bien. Lo que le estorbaba y lo hundía peligrosamente en el seno de las olas eran el mástil destrozado y los aparejos, que colgaban de uno de sus lados. Si el barco había de sobrevivir, debía cortarlos, y con esto en mente buscó bajo el asiento de la cabina el hacha sujeta allí.

Cerró la compuerta, para impedir que entrara más agua, y trepó por el techo del camarote hacia el frente. Ahí pudo ver que el mástil de madera se había partido casi de tajo. Sólo unas pocas astillas lo mantenían unido a la base, y con unos cuantos hachazos las cortó. Lo siguiente era desabrochar los delgados cables de acero que habían mantenido el mástil en su posición. Estaba agarrada al barandal cuando desasió el último cable, esperando que el mástil se deslizara sin dificultad sobre el costado y cayera al agua. Pero el mástil giró hacía ella, derribándola y aplastando una de sus piernas contra el poste del barandal.

Sintió un dolor desgarrador en la rodilla, tan intenso que por unos segundos perdió el sentido. Cuando volvió en sí, el mástil había desaparecido y la lluvia golpeaba de nuevo su rostro. Se aferró al barandal para levantarse, pero el más mínimo esfuerzo de la pierna herida le provocaba náuseas y la mareaba. Incluso al arrastrarse por la cubierta le subían punzadas de dolor por la pierna.

Acurrucada en la cabina del timón, temblaba tanto de dolor y conmoción como de miedo, y su mirada vagaba desolada sobre el agua castigada por el viento, con la esperanza de divisar la lancha salvavidas. Pero todo lo que vio, a través de la lluvia, fue una protuberancia negra y brillante, que bien podía ser una ballena, como también podía ser una ola.

Desalentada, contuvo las lágrimas y volvió a abrir la compuerta. Sin la vela, no tenía caso tratar de dirigir el barco. De ahora en adelante el barco seguiría su propio curso, sin importar lo que ella hiciera. Su única opción era confiarse al mar.

Ese pensamiento la llevó bajo cubierta, tan lejos como podía estar de los negros montes de agua que se alzaban sobre la popa y parecían a punto de aplastarla. Gimiendo por el dolor en la pierna, bajó al camarote y cerró la compuerta tras ella. En la oscuridad el agua y los objetos que en ella flotaban invisibles, chocaban contra sus pies. La madera del casco crujía y rechinaba, pero el ruido del viento lo dominaba todo: como un solitario lobo del mar, aullaba a la noche que llegaba.

En un débil intento de evadirlo, se metió en una de las literas y cubrió su cabeza con un saco de dormir húmedo. Eso sólo amortiguó el sonido, dando voz a su propio miedo. Lo igualó con los sollozos de su llanto, un débil gemir que poco a poco se hizo más tenue hasta finalmente desaparecer.

Durmió profunda y tranquilamente, a pesar de que el barco continuaba meciéndose con fuerza. Sólo una vez estuvo a punto de despertar en el curso de esa noche, cuando el aullido del viento rompió el silencio y penetró por unos instantes en su sueño. Sin embargo, no la asustó. En su sueño, extrañamente el ruido se mezclaba con el canto de las ballenas, un murmullo grave que provenía de las profundidades misteriosas y que le susurraba, sin palabras, una canción de compañía y consuelo. ❖

De la profundidad a la superficie

❖ LA LUZ se colaba por las ranuras de la compuerta; lo único que se oía era el crujir del barco y el agua agitándose en el suelo de la cabina. Como una tonta, Claire saltó de la litera, y de golpe el dolor volvió a atenazar su muslo y rodilla. Estuvo a punto de desmayarse de nuevo, y tuvo que sostenerse de la litera para no caer.

Cuando se calmó su respiración y le pasó el mareo, se dirigió vacilante hacia la escalera, abrió la compuerta y se arrastró a la luz del día. Aunque el mar seguía picado, el viento había disminuido y el cielo era de un azul uniforme. En un momento en que el barco subía sobre la cresta de una ola barrió el horizonte con la mirada, con la esperanza de divisar tierra o algún otro barco navegando en la cercanía. Pero el blanco mar estaba vacío, y en el lado oeste no había ni una mancha gris que señalara la costa australiana.

Casi se puso a llorar de nuevo, y para impedir que se le escaparan las lágrimas, se apretó los ojos con los puños. "Me deben estar buscando ya", se dijo en silencio. "Con aviones y lanchas y todo. Seguramente me encontrarán antes del anochecer."

Continuó repitiéndose este mensaje todo el día. Algunas veces pronunciaba las palabras en voz alta, para ahuyentar la soledad y distraerse del dolor sordo de su pierna. Llegaron a convencerla tanto que por un rato no se movió de la cabina, por miedo a que pasara un avión o un barco y que ella no lo viera. A media tarde, sin embargo, ya no estaba tan segura, y bajó al camarote a beber agua y recoger una lata de comida de las provisiones de reserva. El mar, en tanto, se había calmado y parecía, por la misma razón, más vacío. De regreso en la cabina, comió sus frijoles directamente de la lata, ya sin tantas ganas de escrutar el horizonte. No parecía tener sentido. Además, tenía demasiado calor como para seguir atenta. Bastante más calor del que justificaba el sol de primavera.

"Creo que me estoy enfermando", pensó vagamente, mientras se quitaba el chaleco salvavidas y el rompevientos, quedándose en el ligero traje de buzo que traía debajo.

Quería poner sus ropas sobre el asiento contiguo, pero de algún modo se resbalaron por la popa y cayeron al agua. No le importaba mucho. El calor febril de su cuerpo le decía que no las necesitaría más. Tampoco necesitaba seguir comiendo. Tiró a un lado la lata, que también resbaló hasta caer en el agua.

Mientras la lata se hundía en las profundidades translúcidas al sol, algo se movió en su dirección: una forma alargada, lisa y brillante, que golpeó aquel objeto extraño con la nariz antes de ascender en espiral hacia la superficie. Un arco gris brillante rompió el agua, era una miniatura perfecta del gran cuerpo de ballena que había entrevisto bajo el barco durante la tormenta. Y de pronto toda una manada de delfines jugaba alrededor del barco. Saltaban y se zambullían, bordando senderos zigzagueantes entre unos y otras, y dejando tras de sí un leve rastro de burbujas que centellaban y brillaban.

De algún lado, en la frescura de la puesta del sol, le llegó el sonido de una risa, y supuso que era la suya: estaba contenta de tener compañía.

De pronto, tan de repente como llegaron, los delfines se fueron. Era el fin del atardecer, casi noche cerrada. La costumbre le decía que debía bajar al camarote, acostarse en una litera y dormir. Y eso creía haber hecho hasta que, al despertar de un sueño en medio de la noche se encontró aún a descubierto, con el cuerpo bañado en sudor.

En su sueño ella nadaba entre los delfines, sus ojos redondos la miraban con curiosidad mientras se zambullía junto con ellos en las profundidades azules, donde el agua de mar era refrescante y aliviaba su piel desnuda. La noche le pareció, en comparación, caliente y pegajosa, las estrellas vigilantes mucho menos amistosas que sus compañeros animales. Así que rápidamente cerró los ojos y a fuerza de voluntad entró otra vez en su sueño, dejando atrás la soledad y las molestias del mundo.

No supo con seguridad cuándo volvió a despertar. Su pierna le punzaba de dolor otra vez. Se incorporó y miró a su alrededor; el mar estaba llano y liso como un lago. El sol, ya en lo alto, se abatía sobre ella sin compasión; hacía un calor sofocante. Ni rastro de los delfines. El único movimiento en el mar era el del agua alrededor del barco, donde pequeños remolinos y revesas indicaban una corriente que la llevaba hacia el sur. Pero, "¿por qué al sur?", se preguntó confundida.

Sin que pudiera explicárselo, le vino a la mente la gran yubarta que había emergido bajo el barco, como si usara su enorme cuerpo para cambiar el rumbo de la embarcación, alejándola de tierra firme. Luego habían llegado sus primos, los delfines, cuyos cuerpos mucho más pequeños habían nadado con facilidad a través de su sueño. Claire sacudió la cabeza, confundida. Se preguntó si acaso también ellos la habían estado dirigiendo, y si era así, ¿debía seguirlos?

Bastaba con plantearse la pregunta. No era lo mismo que estar en casa, con padres que aconsejaran u ordenaran qué hacer. Aquí sólo existían el día sin viento, el aire caliente como el de un horno, pegándosele a la piel como una llama. En respuesta al calor inaguantable, Claire se inclinó sobre la borda.

Al alcance de su brazo el mar brillaba tentador, invitándola a saltar. Como precaución, sacó un rollo de cuerda de la cabina, amarró un extremo a un poste de popa y lanzó el resto al agua. Antes de seguirlo se detuvo, asombrada ante su propia audacia. Después se encontró hundiéndose en el plácido azul de este otro mundo, tal como en su sueño. Y como en el sueño, el insoportable calor la abandonó. Incluso el dolor de su pierna herida se fue disolviendo, dejándola nadar, girar, y dar vuelta libremente.

En lo alto estaba la cuerda, un tentáculo blanco y delgado siguiendo al barco. Esta visión le recordó un miedo anterior, el miedo de quedar abandonada, y se apresuró a salir a la superficie. Aliviada, se percató de que la corriente la arrastraba a la par que al barco; ella y el barco iban juntos hacia el sur.

Después de eso dejó de preocuparse. Como el barco, se entregó al océano, cuyo tacto fresco y sedoso la colmaba. Durante lo que le parecieron horas ella nadó perezosamente de arriba abajo, o zambulléndose, hundiéndose hasta donde apenas llegaba la luz y la rodeaba la oscuridad, sus oídos llenos del latir de su propio corazón.

En una de estas inmersiones se percató de una corriente helada que subía de las profundidades. Se estremeció e intentó penetrar con sus ojos las tinieblas informes. Forzando la vista pudo ver algo que se movía: un cuerpo grande, oscuro, nadando con tanta calma como ella; y sin embargo había algo acechante en la forma que se acercaba cada vez más.

Lo reconoció al instante. La cabeza lisa y aguda, la aleta dorsal sobresaliente, sólo podían pertenecer a una criatura. ¡Un tiburón! De nuevo la envolvió una corriente helada y todo su cuerpo tembló de frío. Llena de pánico, se impulsó hacia arriba, hacia el barco que flotaba en la calma del día azul.

En sus zambullidas anteriores el barco siempre había permanecido flotando sobre ella, como si la esperara. Sin embargo ahora, cuando aún luchaba por alcanzar la superficie, lo vio desplazarse impulsado por la corriente tibia, mientras ella permanecía presa de la corriente fría que había sacado al tiburón de las profundidades.

Un hilo de burbujas plateadas se escapó de su boca mientras pataleaba desesperadamente, aterrada de que en cualquier momento las fauces dentadas se cerraran en torno a sus piernas. La superficie se precipitó a encontrarla y se vio libre, en un océano mucho más ancho y solitario del que recordaba; un desolado baldío azul donde ella no era más que una partícula diminuta. Se volvió ansiosamente de un lado a otro, buscando con la mirada. El barco estaba fuera de su alcance, pero el cabo de la cuerda se deslizaba silbante sobre el agua, así que se lanzó hacia él habría asirlo con ambas manos.

A remolque del barco, medio enterrada en el borbollón de espuma, alcanzó a ver de reojo al tiburón, su aleta dorsal cortaba el agua a su derecha. Dobló su cuerpo con el propósito de sumergirse, y a través de la espuma y los reflejos del sol en el agua, vio el cuerpo perfilado del tiburón que nadaba a la par suya. Con lentos contoneos de la cola giró hacia Claire, observándola fríamente con un ojo inexpresivo a la vez que se deslizaba bajo su torso desprotegido y hacía un medio giro.

—¡No! —gritó, dirigiéndose más al vasto espacio del océano que al cielo y al aire —. ¡Vete!

Sus gritos no parecían ir más allá de ella misma; el vacío azul y negro los devoraba. De nuevo el tiburón se deslizó bajo su cuerpo, raspándole las piernas con su piel áspera al pasar. Claire se estremeció al sentirlo, salió a la superficie para tomar aire y volvió a sumergirse, convencida de que si le quitaba los ojos de encima por más de unos segundos el animal atacaría.

La cuerda se le enterraba en las manos, y tenía los brazos y hombros adoloridos por el esfuerzo. Además, tenía que vérselas con el frío: sus miembros entumecidos le respondían con creciente pesadez. Por eso, cuando el tiburón se le acercó por tercera vez, no pudo ni patalear en defensa propia, aunque lo sintió moverse con lentitud al rozar contra ella un cuerpo tan helado como el agua que la envolvía, y la cola, con una crueldad juguetona, la hizo a un lado con un golpe.

—Ayúdame —murmuró suavemente, como si le rogara al mar mismo—. Por favor, haz que se vaya.

La única respuesta, más cruel aún que el silencio, fue la aparición de otra forma oscura emergiendo de lo profundo. Era más grande que el tiburón, más larga, mucho más pesada, y se movía con una rapidez asombrosa.

Esta nueva amenaza era más de lo que Claire podía soportar. El terror la ahogaba. En vano trató de aferrarse a la cuerda, que finalmente escapó de entre sus manos, y se encontró en la superficie, en medio de una ráfaga de espuma.

De inmediato el tiburón se cerró hacia ella, cortando el agua con la aleta dorsal en una línea fatalmente recta. Pero antes de que pudiera alcanzarla, algo brillante rompió bajo ellos: una sucesión de burbujas provenientes de la criatura oscura que nadaba debajo, y que subían girando hasta brotar a la superficie, donde formaban largos hilos de cuentas plateadas, una cortina circular que protegía el cuerpo indefenso de Claire.

Aunque el círculo que la rodeaba no estaba hecho sino de aire, el tiburón no se atrevía a penetrarlo. A la vez que frenaba su acometida y se desviaba, varias formas más pequeñas llegaron tras las burbujas ascendentes. Embistieron al tiburón, batiendo enérgicamente con sus colas, y éste huyó asustado, mientras las criaturas emitían gritos y chasquidos excitados de sus hocicos puntiagudos, y saltaban del agua con gracia y agilidad.

Claire sintió uno de los cuerpos elevarse suavemente bajo el suyo, su piel era de una tibieza inesperada y tranquilizadora. Con la misma suavidad la llevó sobre la superficie hasta el barco, y permaneció allí hasta que ella asió la borda con sus manos temblorosas.

Cuando se encontró a salvo en el barco realmente se dio cuenta de todo lo que había pasado. Y para entonces los delfines, terminada su labor, habían desaparecido. También aquella otra forma grande y pesada que Claire había entrevisto en la profundidad había desaparecido para regresar a la oscuridad de donde provino. Ella sabía ya lo que era: una gran ballena, de cuyos pulmones había salido el aire que formara la red de burbujas salvadora.

Quizá porque había leído sobre estos círculos de burbujas brillantes no se sorprendió.

—Gracias —murmuró, castañeteando los dientes. Y presionando su cuerpo aterido contra el calor de la plataforma de cubierta, volvió a perderse en el sueño. ❖

Montada sobre la ballena

❖ Aún MEDIO dormida podía sentir a las ballenas abajo, en la oscuridad. Sabía también que más allá de la sombra rosada de sus propios párpados, en el día brillante, los lomos enormes de las ballenas rompían la superficie del mar, y sus chorros de agua empañaban la luz del sol. Una de ellas debió salir a la superficie cerca del barco, pues Claire recibió una rociada fría que refrescó su piel afiebrada. Tan refrescante que no se pudo resistir y, a pesar del dolor en su pierna, que la hacía gemir con cada movimiento, se arrastró hasta la popa.

La ballena, una yubarta adulta, todavía flotaba al lado del barco: su cuerpo era una gran loma negra y brillante; sus aletas, inmensamente largas, con bordes nudosos, parecían remos gigantes que se proyectaban de sus costados. La ballena dio un medio giro sobre sí misma para verla mejor; su ojo, dispuesto en la parte baja de la cabeza, era enorme, y la miraba con un extraño aire de entendimiento. Y como si se compadeciera de lo que veía —la cara y el cuello de Claire estaban quemados y ampollados por el sol— soltó otro chorro de agua, con olor a mar y a sus muchas criaturas diminutas, y de nuevo la bañó en el rocío.

—¡Sí! —jadeó—. Sí.

Y alzó la cara agradecida hacía la suave brisa.

A su lado, el ojo, la larga cabeza y el cuerpo se sumergieron en un borbollón de espuma. Sólo quedaron, equilibradas sobre la superficie, las vastas aletas de la cola, manchadas de blanco y negro, y luego también desaparecieron, golpeando el agua con tal fuerza que la ola resultante empapó a Claire.

No necesitó tomar una decisión consciente. Como el agua que corría por su pelo y su piel, Claire se deslizó con facilidad por la popa hasta el agua, que la abrazó con una frescura deliciosa. El mar la recibió como si ya no fuera más una criatura de la tierra; la superficie plateada se cerró sobre su cabeza y la estela turbulenta de la ballena la jaló hacia abajo.

Un poco más adelante de ella divisó a través del azul moteado de sol una forma borrosa que nadaba con lentos movimientos ondulantes. La forma se quedó quieta mientras ella se esforzaba por alcanzarla, flotando en el espacio acuoso, en una espera paciente. Acortó la distancia en unas cuantas brazadas y se sumergió cerca de la cola, nadando hacia donde el vientre blanco de la ballena estaba manchado de lapas y pedazos de algas. Más adelante, de la mitad de la panza hasta el extremo de la prominente mandíbula, la piel blanquecina estaba arrugada en pliegues uniformes, largos surcos hundidos en la carne pálida. Con curiosidad, se acercó a tocarlos.

Pero aquello fue ir demasiado lejos, y el animal, exasperado, con un espasmo giró y la empujó con una de sus largas aletas laterales. No hubo agresión en el gesto, fue el más suave de los movimientos, sin embargo Claire

salió despedida más y más abajo, hacia las profundidades donde la luz del sol ya no llegaba y comenzaba la oscuridad.

Bajo ella, el turbio corazón del mar acechaba, más vigilante que nunca. En esta ocasión no había formas siniestras merodeando en la sombra, ni llegaba una corriente helada hasta donde ella flotaba, pero aun así, no le apetecía quedarse. El recuerdo del tiburón aún estaba fresco en su memoria. Se volvió y pataleó hacia la superficie, y al llegar llenó sus pulmones adoloridos con aire fresco.

Según sus cálculos no había permanecido bajo el agua mucho más de un minuto; sin embargo en ese intervalo el día se había transformado. Soplaba un viento fuerte y comenzaba a levantarse una marejada, en el cielo el azul cedía a los nubarrones oscuros.

Lo súbito del cambio fue suficiente para alarmarla, y buscó el barco con la mirada. Ya no estaba cerca. Impulsado por el viento, estaba casi a cien metros de ella, la proa picando las olas de la marejada.

Como en su encuentro con el tiburón, casi se dejó dominar por el pánico. En vez de conservar su energía, comenzó a nadar manoteando, en un intento desesperado de alcanzar el barco.

Y lo alcanzó, con una rapidez sorprendente. Pronto se dio cuenta de que el viento no había impulsado al barco hacia adelante, simplemente lo empujó de costado sobre la misma corriente tenaz que aún la llevaba a ella. Ambos seguían la ruta hacia el sur al mismo paso.

Más tranquila, flotó durante un momento mientras recuperaba el aliento. Y ahora, con calma, pudo observar otra señal tranquilizadora: las ballenas no se habían ido; chorros de agua, como saludos amistosos, emergían aquí y allá. Donde, quiera que posara la mirada podía ver la curva enorme de una ballena asomándose a la superficie. Flotaba en medio de una manada que también nadaba hacia el sur, al mismo paso que el barco.

Una ballena pasó debajo de ella, y el volumen de agua desplazado la jaló bajo la superficie. Detrás venía una forma mucho más pequeña: un ballenato nadando en la estela de su madre. A diferencia de la madre, no siguió de frente al ver a Claire, sino que levantó su cara de largas quijadas hacia donde ella flotaba en el azul claro del agua, y sus ojos brillaron en la luz pálida, como si la reconocieran. Cuando parecía que la enorme cabeza chocaría contra ella, se desvió ligeramente y, juguetón como cualquier cachorro, pasó tan cerca de Claire que una de sus aletas pintas le rozó el brazo.

Este breve contacto fue una invitación que Claire aceptó sin titubeos; estiró los dos brazos para asirse a la aleta nudosa. El joven animal no se estremeció ni pareció intimidado como la ballena adulta un poco antes. Claire escuchó el llamado sobrecogedor de la ballena a su cachorro, y al mismo tiempo se encontró a remolque de la criatura, la aleta pulsando suavemente entre sus manos.

Unos momentos más tarde el ballenato emergió a la superficie por aire. A la vez que llenaba sus propios pulmones, Claire aprovechó la oportunidad para cambiar sus manos a la pequeña aleta dorsal, y en esa posición, medio acostada, medio montada sobre el ancho lomo, se zambulló de nuevo.

Bajaron más profundo que antes, hasta el umbral de oscuridad que normalmente la atemorizaba, pero no ahora. No al escuchar el llamado de la ballena madre que les llegaba desde arriba, invitándolos a subir. Obediente pero sin prisa, el ballenato ascendió a través de los tonos cada vez más claros de azul, hasta donde el viento golpeaba las crestas de las olas recién amasadas bajo un cielo que se había vuelto oscuro y plomizo.

Tuvo que reprimir un escalofrío mientras tomaba aire, como si fuera el mundo de viento y nubarrones lo que realmente debía temer. Y otra vez se encontró inmersa en la calma de un mar cuyos suaves pliegues azules preservaban el calor ya desaparecido del día.

Durante un rato estuvieron subiendo y bajando con un ritmo que Claire encontraba particularmente confortante. Ella y el ballenato tomaban aire en los mismos intervalos regulares, sus corazones, como sus cuerpos, en armonía el uno con el otro. Los lapsos allá arriba, en el día, donde el viento hacía vibrar el casco del barco, eran tan breves que casi podía ignorarlos. El resto, el suave movimiento a través del húmedo inframundo, pronto tomó la semejanza de un largo sueño en que el dolor de su pierna se desvanecía, al igual que el calor febril que aún quedaba en su cuerpo, dejándola con una sensación de paz y silencio.

Sólo un sonido penetraba el silencio: la voz aguda de la ballena madre, llamando a su ballenato. La respuesta era siempre una especie de leve balido acompañado de un ligero respingo. Excepto por una vez, cuando el llamado de la madre se tornó un poco más insistente, una diferencia tan imperceptible que Claire no reaccionó; pero el cachorro la notó de inmediato, y en vez de nadar hacia arriba, hacia la cola de la ballena, se refugió bajo el cuerpo de la madre, buscando la ubre.

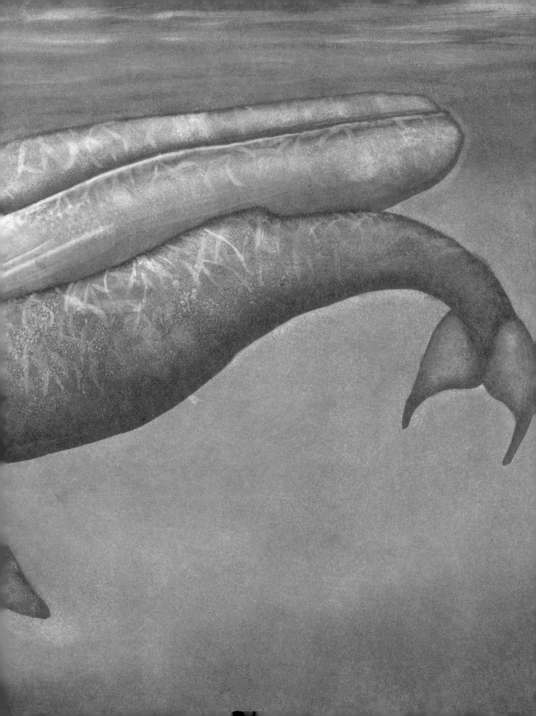

El siguiente llamado sonaba tan claro como una alarma que incluso Claire se percató de que algo pasaba. Grave y estridente, provenía de una ballena distante de la manada. Sin titubear, madre e hijo se lanzaron a las profundidades, arrastrando a Claire con ellos.

Le pareció que la cabeza le explotaría por el súbito aumento de presión al precipitarse en la oscuridad, antes de que se le ocurriera soltarse. Muy, muy alto, por encima de su cabeza, como al final de un túnel, se veía el círculo gris plata del cielo. Trepó hacia él, escalando en el agua densa y siguiendo la estela de burbujas que escapaban de su boca y ascendían rápidamente delante de ella. En los últimos metros casi pareció alcanzarlas. Su cuerpo cortaba el agua, y al romper el espejo de la superficie y emerger... ¡se encontró con que alguien la esperaba!

Vio la forma mientras tomaba su primera bocanada de aire. Alguien más o menos de su mismo tamaño, flotando entre ella y el barco. La cabeza y los hombros, como los suyos, flotaban por encima del agua; la cara, tan sorprendida como la de ella, la miraba con los ojos muy abiertos.

—¿Quién...? —medio gritó, y de pronto se dio cuenta de que no era una persona, era una foca, cuyos ojos redondos no sólo reflejaban sorpresa sino terror.

Ese momento de breve conocimiento fue el único que tuvieron. De un instante a otro la foca desapareció engullida en una erupción de agua. En su lugar aparecieron una cabeza y unos hombros mucho más grandes: la boca dentada, todavía abierta, el torso poderoso, sin cuello, con un diseño preciso en blanco y negro, recortados contra el cielo.

Reconoció a está nueva criatura al instante.

—¡Una orca! —exhaló. Había visto el nombre en libros, bajo ilustraciones de la llamada "ballena.asesina."

El animal cayó sobre su costado en el agua y produjo una ola que llegó hasta donde ella flotaba. Otras ballenas de la misma clase nadaban alrededor, Claire podía ver sus aletas dorsales deslizándose veloces por la superficie del agua.

No intentó escapar. Si la foca simplemente se había abandonado a la muerte, ¿qué posibilidades tenía ella, que no podía nadar con tanta agilidad y cuya necesidad constante de aire —el mismo aire que ahora golpeaba helado en sus mejillas y cuello— la obligaba a permanecer cerca de la superficie?

El frío pareció invadir el agua a su alrededor, y alcanzó a ver otra sombra blanca y negra que se remontaba hacia arriba. No tuvo tiempo de sentir terror; un espasmo de repulsión la sacudió al anticipar la violencia del impacto. Y medio segundo más tarde el peligro había llegado y pasado: en vez de que las fauces crueles y sangrientas reventaran el agua bajo ella, la superficie se abrió suavemente a su lado y una cabeza en forma de bala emergió ligeramente inclinada; la boca abierta, la lengua apoyada contra la hilera de dientes puntiagudos como dagas. Parecía como si la orca se estuviera riendo, como si compartiera con ella el placer del descubrir que Claire no era una foca, cuyo único fin era alimenticio. Su mente de orca estaba fascinada con los miembros delgados y la fragilidad de ella, y por un misterioso sentido de compañerismo.

La ballena produjo unos cuantos chasquidos y otra orca emergió bajo Claire, levantándola sobre su frente chata. Se mantuvo allí en equilibrio

mientras la ballena nadaba, la cabeza fuera del agua, hacia la oleada donde esperaba el resto de la manada. Al llegar la soltó, y Claire, al principio nerviosamente empezó a nadar entre las orcas, empujada aquí y allá por la suave presión de sus enormes cuerpos. Un ballenato, apenas más largo que ella misma, se acercó y mordisqueó su brazo con unos dientes que podían haber rasgado su carne y que, sin embargo, dejaron sólo una suave marca que pronto se desvaneció. Intentó seguirlo pero el ballenato era demasiado rápido para ella, y se encontraba cansada y con frío; el tiempo que llevaba en el agua y el susto reciente empezaban a cobrar efecto.

A su derecha el barco continuaba a la deriva, la proa al viento. Claire comenzó a nadar hacia él, y varias orcas, pensando que debía estar confundida, la empujaron con suavidad, orientándola de nuevo hacia el sur, donde las nubes se veían particularmente grises y pesadas. Pero cuando ella insistió en volverse, parecieron entender lo que hacía. Una de ellas, quizá la que la cargó antes, la empujó hacia adelante, levantándola a medias fuera del agua, y se la llevó.

Si para la orca el progreso era más bien lento, Claire sentía que corrían a gran velocidad; un borbollón de agua rompía en su pecho y le salpicaba la cara. Parecía que el barco se precipitaba a su encuentro, y al llegar se hundió en el seno de una ola de modo que quedaron casi al mismo nivel que la borda. Un empujón casual de la cabeza del animal fue todo lo que hizo falta para lanzarla sobre la borda hasta la cabina del timón.

Cuando se levantó y miró hacia el mar, toda la manada se había reunido alrededor del barco, las cabezas alzadas y las bocas abiertas, como si se rieran. Quería añadírseles de nuevo, a pesar del baldío desolador que era el mar, pero el viento soplaba frío, como hielo sobre su piel desnuda, y prefirió acurrucarse en el suelo.

No las oyó partir, ni se sintió abandonada cuando al mirar sobre la borda no las encontró. En el estado en que estaba, cansada y confundida, el barco mismo se había tornado ballena, y ella se aferraba a su lomo mientras surcaban las olas, aspirando y conteniendo el aliento cada vez que se balanceaban en una cresta. El viento mismo se había vuelto una voz familiar que le hablaba, llamándola hacia el sur. ❖

Una deuda saldada

❖ NO QUERÍA refugiarse en el camarote. No eran sólo el agua y los despojos flotando lo que la inquietaba sino la oscuridad, que le recordaba vivamente las profundidades del mar adonde el sol no llega nunca. Por otra parte, hacía un frío tremendo en la cubierta y, sin su rompevientos y el resto de la ropa que había perdido, tuvo que aceptar finalmente que debía bajar. Pero no para quedarse, sólo para rellenar su botella de agua y cambiarse a un traje de buzo más grueso, guardado en uno de los armarios.

Se volvió a lastimar la pierna al cambiarse de ropa, y tuvo que morderse los labios para no gritar. Sin embargo el hule grueso del nuevo traje le daba cierto soporte a su rodilla lastimada, y pronto entró en calor y se encontró mucho más a gusto, tanto que pudo incluso dormir.

Por lo menos le pareció que había dormido, pues cuando abrió los ojos se sentía descansada y las yubartas habían regresado. Podía oír su canto con sólo apoyar la oreja en las maderas de la cubierta. Las voces, mezcladas con el viento que aullaba alrededor del barco, le hablaban de satisfacción y hasta de felicidad.

Se sentó con dificultad, apoyándose en el barandal; su cuerpo, rodeado de la luz y el aire, estaba extrañamente debilitado. El mar, como el cielo, había cambiado de azul a gris metálico, y las ondas de agua se habían convertido en empinados muros cuyas crestas espumaban y ebullían. En este paisaje desolado, frío y sin color, no parecía haber lugar para el calor de la vida, y Claire estuvo a punto de acurrucarse otra vez. Lo que la retuvo allí fue la súbita aparición de un albatros que remontaba la tormenta con suave abandono. Sus largas alas se doblaron ligeramente, confiadas al viento, y el ave se dejó resbalar sobre la cresta de la ola más cercana, cayendo en picada hasta rozar la superficie del mar con las plumas del pecho, para entonces volver a alzarse y surcar la curva de la ola a lo largo. Claire alcanzó a ver, cuando el albatros pasó cerca de ella, sus ojos de mirada clara y brillante, en los que no había rastro de miedo; eran ojos que no encontraban nada extraño en este paisaje salvaje.

Las ballenas también se encontraban perfectamente cómodas aquí. No sólo nadaban en las aguas violentas: retozaban en ellas; las exhalaciones de sus pulmones eran como explosiones de triunfo; sus cuerpos, de un negro brillante y llenos de inmensurable energía, se erguían fuera del agua en una abierta demostración de alegría.

Incluso el barco daba claras señales de que pertenecía a estas aguas: danzaba delante de cada ola que rompía y se precipitaba abruptamente hasta donde su proa se clavaba en la panza de la siguiente, para entonces librarse, con agua escurriéndole por la cubierta, y trepar con facilidad otra ola hasta encontrarse de nuevo en el viento. Una y otra vez emergía intacto de los

profundos valles de las olas, y este vaivén le resultó tan familiar que cuando una ballena surgió al lado del barco, Claire automáticamente soltó el barandal y se dejó caer en el mar.

Allí, en ese momento, le pareció que era lo más natural. Mudarse de la fría región del viento estridente al tibio silencio de las olas, abandonar la cáscara endeble del barco, objeto de metal y madera, y en cambio optar por una criatura de carne y hueso.

Esta vez la ballena la aceptó completamente. Un leve espasmo recorrió el enorme cuerpo cuando Claire se agarró de la aleta dorsal, pero eso fue todo. El espiráculo se cerró con un guiño y la ballena se lanzó hacía la ola ascendente, partiendo el agua tan limpiamente que ella apenas sintió un suave jalón al zambullirse. Y se encontró otra vez avanzando a través de un mundo quieto y silencioso, en el que los únicos sonidos eran las voces imponentes de las ballenas llamándose entre sí.

Arriba se deslizaban las cuestas empinadas de las olas, y las crestas espumosas semejaban capullos de nubes en un cielo de plata. Apuntaron hacia arriba y rompieron brevemente ese cielo, para emerger de nuevo en el ruido y la confusión, y descendieron otra vez a donde reinaba la paz.

Otra ballena apareció de las regiones más bajas de la sombra, y Claire mudó las manos a su aleta, pataleando para abandonar el cuerpo gigantesco de la primera ballena y aferrarse a la nueva. También ésta aceptó su presencia y le dio la bienvenida emitiendo un quedo gemido. Con cada ondulación de la cola los dos cuerpos se tocaban brevemente.

Ahora alcanzaba a ver a otras ballenas, cuerpos pesados que se movían con una gracia asombrosa a través de las tinieblas. Cuando alguna de ellas pasaba cerca, Claire nadaba hacia ella con los brazos abiertos. Y cada vez su nueva compañera refrenaba el paso y flotaba pacientemente hasta sentir las manos apretando su aleta dorsal.

Sólo una vez se quedó atrás, cuando se le soltó la aleta de los dedos y se vio lanzada de un coletazo hacia la superficie. Pero no estuvo abandonada por mucho tiempo. Antes de que la alcanzara la cresta de la siguiente ola, escuchó el gemido, medio de bienvenida, medio de angustia, y una cabeza cubierta de lapas la levantó fuera del agua. Por unos instantes se encontró de pie sobre la superficie plana de la mandíbula superior; luego trastabilló un poco hacia atrás y resbaló con la llegada de la ola. Pero cuando el agua la cubrió ya estaba otra vez a salvo, agarrada con seguridad a la aleta.

No sabía cuánto tiempo llevaba en el agua cuando divisó al ballenato. Oyó el grito agudo y alegre: el ballenato se apresuraba a encontrarla, su cuerpo grueso nadando vigorosamente hacia ella. La madre, como siempre, permanecía cerca, flotando detrás de ellos. En la escasa luz que caía como una cortina de un gris azulado, su vientre blanco se distinguía ligeramente luminoso. Los llamó, apremiándolos para que subieran, y Claire rodeó con sus piernas el cuerpo del ballenato y se sujetó con fuerza.

Fue lo mejor que pudo hacer, pues el joven animal empezó a retozar de alegría ante el inesperado reencuentro, zambulléndose y haciendo giros y maromas, saltando fuera del agua en un borbollón de espuma y deslizándose sobre la larga curva de las olas.

El estrépito del agua contra sus orejas le impedía oír con claridad los llamados de la ballena madre, que le llegaban distantes y débiles, y que apenas escuchaba por la emoción. Fue por eso que no se percataron de los primeros gritos de alarma. La primera señal que Claire tuvo de que algo no andaba bien fue cuando el ballenato repentinamente refrenó su nado y titubeó indeciso. Para entonces, las voces graves de los machos de la manada retumbaban anunciando peligro.

Claire, aún sujeta al ballenato, miró nerviosamente a su alrededor. La superficie, que hasta hacía sólo unos momentos estaba poblada de enormes formas borrosas, de pronto se había quedado vacía. Terriblemente vacía. La quietud del agua, antes tranquilizadora, estaba ahora henchida de una amenaza intangible. De toda la manada de yubartas, sólo un adulto permanecía a la vista: la madre, una mancha de sombra mucho más abajo, llamándolos quejumbrosamente.

Un temblor sacudió el cuerpo del ballenato, y hundiendo primero la cabeza se dirigió hacia abajo. Antes de que Claire tuviera tiempo de soltarse, una forma oscura se interpuso entre ellos y la madre. Una orca: la luz débil se reflejaba claramente en las características manchas blancas.

Con la ruta de escape cortada, el ballenato se volvió hacia arriba, pero ya otras orcas esperaban ahí, sus siluetas negras dibujadas contra el cielo plateado. Otras patrullaban a ambos lados, cerrando lentamente el círculo.

Al verse completamente rodeado, el ballenato se quedó extrañamente quieto. Claire aún estaba montaba sobre él; los dos tenían los ojos puestos en una orca en particular, un macho de gran tamaño que poco a poco se acercaba a ellos. Claire sentía que sus pulmones estaban a punto de reventar; deseaba flotar libre hacia la superficie y llenarlos de aire fresco y de vida, pero sabía que si abandonaba al ballenato, éste moriría en cuestión de segundos.

Casi sintió alivio cuando la orca finalmente arremetió contra ellos, trazando veloz una curva superficial, la boca abierta lista para desgarrar la carne del hueso. Sólo tuvo un instante para actuar, y rápidamente, con la cabeza echada hacia atrás, lanzó un grito desarticulado. Las burbujas que fluían de su boca nublaron su vista por un momento, de modo que no pudo ver como la orca reparaba ante la visión de su cuerpo: la súbita imagen de sus brazos y piernas rodeando el cuerpo pinto del ballenato la hicieron desviar su acometida. Claire alcanzó a verla pasar sobre su hombro; una de sus aletas pectorales le rozó la mejilla. Acto seguido tiraba del ballenato, apurándolo a subir a la superficie.

Por suerte, emergieron en el agua tranquila de la base de una ola. En la primera bocanada desesperada Claire tomó más vapor que aire, pues el ballenato acababa de lanzar un chorro a través de su espiráculo. Pero cuando pudo respirar normalmente notó complacida que las orcas no parecían dispuestas a renovar su ataque. Aún seguían girando a su alrededor amenazadoramente, pero se contenían mientras ella permaneciera con el ballenato.

Animada por esto, Claire inhaló profundamente y presionó la cabeza del ballenato hacia abajo. Éste apenas respondió; estaba tan aturdido por el miedo que sólo atinó a zambullirse en la ola que venía. Claire se echó hacia adelante y de nuevo empujó la aplanada mandíbula superior; esta vez el ballenato empezó a zambullirse lentamente. Varias orcas los acompañaron un trecho, pero poco a poco se fueron desprendiendo en tanto ellos bajaban más profundo. En el punto

donde la luz daba paso a la oscuridad, sólo el macho los seguía, el último de la peligrosa escolta. Cuando Claire lo vio finalmente partir en una espiral ascendente, su cabeza estaba a punto de reventar por la presión. Pero aún así continuó aferrada: quería asegurarse de que el ballenato estuviera realmente a salvo.

"¡Vete!", lo apremiaba en silencio, pues sus movimientos aún eran lentos y torpes. "¡Vete!"

En respuesta a su muda exhortación llegó hasta ellos un mugido desde la profundidad, y el ballenato respondió: con un coletazo vigoroso se escapó de las manos de Claire y desapareció.

Se quedó náufraga en la oscuridad. Su cabeza pulsaba tan violentamente por la presión que había perdido el sentido de la dirección. Lentamente, con mucha más torpeza que el ballenato petrificado de miedo, ascendió a través de la penumbra. Como por arte de magia, una luz apareció delante de ella, pero estaba demasiado lejos: no llegaría nunca. Quizá era mejor seguir flotando donde estaba, en esta frontera entre el día y la noche.

Casi había dejado de patalear cuando llegaron las orcas. Girando a su alrededor, la leve presión de sus cuerpos la sacudió de su sueño mientras la empujaban hacia arriba. No podía ayudarlas ni resistirse; sus brazos estaban muy débiles y flojos. A través de las pestañas podía ver la luz que se expandía y brillaba, pero la oscuridad dentro de ella era más poderosa, la llamaba como la ballena madre había llamado a su cría.

No recordaba haber llegado a la superficie, ni haber trepado a bordo del barco. Cuando despertó era de noche y el cielo estaba despejado y poblado de estrellas. El viento soplaba tan ferozmente como antes y aullaba como loco, abofeteando la pequeña embarcación y lanzándola de uno a otro lado. En esa confusión de ruido y movimiento era imposible escuchar cualquier otra voz, y sin embargo Claire sabía, sin que nadie se lo tuviera que decir, por qué estaba allí. Ella, como las ballenas, formaba parte de este gran viaje hacia los mares del sur. Algo la esperaba ahí. Un motivo especial que...

Pero ya dormía otra vez. ❖

El intruso

❖ CLAIRE DEBIÓ estar enferma durante algún tiempo. Dormía y despertaba en lapsos, y se daba cuenta vagamente de que pasaban los días y de que el barco continuaba navegando bajo ella. A veces, medio dormida, oía los llamados de las ballenas en la profundidad, sus voces melodiosas que de algún modo armonizaban con el gemido del viento y el murmullo del agua contra los costados del barco. Aun dormida estaba consciente de la canción distante, cuyas notas largas y plañideras le llegaban como a través de una neblina oscura.

La misma neblina amortajaba el día en que al fin se recuperó. Había luz, pero no se veía el sol. El cielo era un oprimente techo de nubes con un brillo apagado. Algunas nubes flotaban por lo bajo como tiras delgadísimas de encaje o muselina, enredándose y desprendiéndose lentamente del barco, tan a menudo que Claire sentía que iba a la deriva por el cielo. Pero las embestidas del barco contra las olas servían para recordarle que en realidad se encontraba como siempre, rodeada por un mar infinito donde las olas aún escalaban alturas enormes; aunque ahora que el viento había amainado, las crestas tenían suaves redondeces y habían perdido su corona de espuma.

Con desgano, buscó la botella de agua, y se sorprendió al encontrarla vacía, pues sus labios estaban resecos, partidos y la sal había formado costras en ellos. Se sorprendió también al descubrir lo débil que se encontraba. Tuvo que hacer varios intentos para ponerse de pie, y el trayecto al camarote para llenar la botella casi fue superior a sus fuerzas.

De nuevo en la cabina del timón, el sabor rancio del agua guardada le fue aliviando la garganta adolorida, y descansó un rato antes de subir hacia la popa. También ese esfuerzo fue agotador, pero valió la pena, porque se sintió mejor y con nuevas fuerzas en cuanto soltó el barandal y dejó rodar su cuerpo hacia el mar acogedor.

Comparado con el tacto pegajoso y húmedo de la niebla, el mar estaba tibio. Y a diferencia de la cubierta del barco, era blando: la suave presión del agua desplazada sostenía todo su peso. Flotando libremente, una mano asida a la cuerda que arrastraba el barco, sentía renacer sus fuerzas; la energía contenida en las olas parecía de algún modo fluir hacia ella y sanar su cuerpo.

En su primera zambullida vio la figura familiar del ballenato, con su piel moteada, esperándola pacientemente bajo las olas. Trató de imitar su llamado mientras se precipitaba hacia ella, y quizá tuvo éxito, pues cuando la madre surgió de la oscuridad del fondo, no dio muestras de nerviosismo sino que los acarició amorosamente con su hocico incrustado de lapas.

Como antes, Claire pronto se encontró compartiendo la vida comunal de la manada. Se movía con facilidad entre los grandes cuerpos que emergían o bajaban, en compañía del ballenato, a veces agarrada a su aleta, otras nadando

sin ayuda. El modo en que la miraban las ballenas, con sus grandes ojos sentimentales llenos de confianza, la hacían sentirse como si fuera también un ballenato. Sus suspiros roncos, la canción repetitiva que entonaban podían estar dirigidos directamente a ella: era un lenguaje que hasta ahora había ignorado pero que aprendía rápidamente. Reconocía ciertos sonidos como expresiones de aliento; otros expresaban preocupación y cuidado, y otros, más estridentes e imperativos, eran obviamente alertas a un peligro.

Fue una serie de estos gritos lo que la mandó disparada a la superficie; el resto de la manada se hundió en la profundidad, en esa región de helada oscuridad que ella no se atrevía a penetrar.

Como había sospechado, las orcas eran la causa de alarma: las aletas puntiagudas, el diseño blanco y negro de sus espaldas eran claramente visibles cerca de la cresta de la siguiente ola. Pero esta vez no perseguían a las yubartas. En el lado opuesto de la misma ola, a cierta distancia, Claire vio el brillo repentino de los cuerpos que nadaban veloces: ¡focas!, que trataban desesperadamente de escapar de sus cazadores.

En el frenesí de la cacería apenas le dedicaron un breve saludo al pasar. Y casi no tuvo tiempo de regresarles el saludo cuando ya habían desaparecido, dejándola sola.

Sola, mas no abandonada. Sabía que las ballenas regresarían. Además, sentía para sus adentros que el ballenato estaba a salvo, al menos por el momento. En el futuro próximo no eran las orcas lo que él debía temer sino... ¿qué?

Se estremeció, sintiéndose de pronto insegura, y buscó la cuerda que se arrastraba no lejos de ella. La enredó alrededor de su cintura y se dejó arrastrar despacio. El movimiento continuo la tranquilizó y se dejó arrullar casi en un estado de semivigilia, satisfecha con seguir a remolque hasta que los gritos como trompetas de las yubartas adultas la hicieron alertarse con un sobresalto. Entonces vio la figura regordeta del ballenato aparecer bajo ella, moviendo el cuerpo a la par que el suyo.

Se le unió ansiosa, dejándose hundir en la amable penumbra bajo las olas. Ambos continuaron nadando juntos, como si nada de importancia hubiera pasado, el cuerpo tibio y suave del ballenato apretado contra el suyo.

Sin embargo ese calor no era suficiente. De vez en cuando empezaba a temblar de frío, un frío que no venía de las profundidades, sino que se filtraba desde arriba. La superficie brillaba como una capa de hielo, y cada vez que la rompían sentía el aire como un afilado cuchillo sobre su piel mojada; cada respiración le rasgaba los pulmones y le cortaba el aliento.

Más que nunca se sentía aliviada al volver a sumergirse bajo el agua; prefería aguantar la respiración hasta marearse que apremiar al ballenato a subir adonde la luz brillaba fríamente sobre la lisa superficie de las olas. Y con la práctica se dio cuenta de que podía permanecer abajo por periodos cada vez más largos, como si su cuerpo se ajustara a su nuevo ambiente acuático.

Nunca podría decir con seguridad cuánto tiempo había pasado nadando con el ballenato. Podían haber sido horas o días. Incluso después, en el recuerdo, le era difícil estimar el tiempo exacto. Todo lo que recordaba con claridad era el continuo vaivén, la canción de las ballenas que llenaba ese vacío gris azulado y el frío, siempre el frío invasor, entumeciendo su cuerpo, metiéndosele hasta los huesos. No había modo de mantener el frío a raya, aun cuando se abrazara fuertemente al cuerpo joven y tibio del ballenato: después de un rato sus miembros empezaban a aterirse, sus dientes a tiritar hasta dejarle la mandíbula adolorida.

Al final, fue el frío lo que la hizo volver al barco. Incapaz de continuar, soltó al ballenato y ascendió sin ayuda. El animal la siguió un rato, llamándola tristemente mientras giraba alrededor de ella. Otras ballenas, mucho más grandes, respondían a los gemidos y emergían de la oscuridad para observar su partida con un aire apenado, sus voces como trompetas le imploraban que se quedara. Pero se encontraba ya demasiado débil para hacer otra cosa que dejarse flotar hacia la superficie, que destellaba como vidrio escarchado.

Y rompió esa superficie en una lluvia de gotitas heladas para entrar a un mundo más lóbrego del que podía haber imaginado: vacío y sin color. El cielo plomizo; los arcos de las olas alzándose en un mar que reflejaba el mismo gris monótono. La niebla, mucho más densa que antes, se había convertido en una sucia cortina de encaje, desgarrada en jirones por la brisa.

Había otra cosa que la preocupaba ese día. Algo que al principio no pudo definir, pero que la hizo volverse a mirar sobre su hombro al agarrar la cuerda e izarse fuera del agua. Fue entonces cuando se percató de que también había algo siniestro en el paisaje desolado, como si una presencia amenazadora y acechante esperara el momento oportuno para atacar.

Medio arrodillada en la cabina, con la piel azul por el frío y los hombros encogidos y temblorosos, miró a su alrededor nerviosamente. Se dio cuenta de que el mar había empezado a cambiar. La superficie y las largas olas ya no eran lisas y continuas; en el agua tranquila del seno de las olas habían empezado a

aparecer témpanos de hielo. Conforme avanzaba el día su número se incrementó; algunos eran pequeños, otros tan grandes como el barco. Hacia la noche un témpano especialmente grande —como un iceberg en miniatura— navegó sobre las olas cercanas cerniéndose sobre ella, alto y dentado. Chocó contra el barco y se deslizó a lo largo de la borda haciendo gemir las maderas y obligando a Claire a encogerse sobre la cubierta.

Cuando volvió a mirar hacia arriba la niebla se había cerrado. Era como una densa cortina blanca que colgaba justo fuera de su alcance y ahogaba cualquier sonido; el impulso hacia adelante del barco quedaba en ella reducido a una inmovilidad deprimente, de la que temía no salir ya nunca.

Esperó, inquieta, temblando no sólo de frío. Finalmente, sintió agradecida una suave brisa que golpeaba su mejilla, y de inmediato la cortina de niebla se partió en dos. Pero a través de la cortina desgarrada no vio el espacio vacío y la luz sino algo aún más siniestro. Un intruso que nunca había imaginado ver por ahí: la silueta oscura de un barco de casco bajo que navegaba cerca del horizonte. El sonido del motor llegaba hasta ella a través del silencio.

De nuevo se acurrucó sobre la cubierta, ni remotamente tentada a pedir ayuda. Ese único vistazo, antes de que la cortina de niebla se cerrara de nuevo, había sido suficiente. No le quedaban dudas sobre lo que había visto. Ése no era un barco cualquiera, sino un ballenero, con la inconfundible figura del cañón arponero plantado en la proa.

De prisa pegó la oreja a la cubierta. La canción grave y el palpitar del motor iban al unísono. Unió a ellos su propio sollozo de alarma, incapaz de contenerse, como sabía que le convenía. Su único pensamiento era para las ballenas, que en ese mismo instante podían estar ascendiendo hacia la luz moribunda del día. Y con ellas el ballenato, su espalda moteada rozando los témpanos al llegar a la superficie, mientras que muy cerca el ballenero acechaba las aguas con el arpón apuntando hacia el mar. ❖

Fin de viaje

❖ Despertar le costó más que de costumbre, como si luchara por alcanzar un
ruedo de luz helada a través del mar cubierto de hielo. Atontada y con los ojos
aún soñolientos, emergió finalmente a un día crudo de invierno. No había
viento, y el mar estaba anormalmente quieto. En el aire la neblina estaba casi
congelada, y a través de ella Claire podía distinguir la silueta borrosa de
enormes formas fantasmagóricas: icebergs. Algunos tan altos que se alzaban
como montañas sobre ella, sus cimas perdidas en las nubes. En contraste con su
blancura fantasmal las brechas de mar que se abrían entre ellos eran de un azul
casi negro, y lisas como espejos.

De pronto y sin aviso una ballena emergió a través de esa superficie
vítrea y lisa. Era una enorme yubarta macho, que rompiendo el agua con
alegría, mandó mil fragmentos de espejo por los aires al elevarse hacia el cielo.
En el punto más alto de su ascenso un embate del hocico casi igualó en altura a
los picos de hielo, el cuerpo entero, excepto por la cola, libre del agua. Un
estrépito como de cañonazo rompió el silencio: la ballena dejó salir su chorro
ruidosamente y, al caer otra vez sobre la superficie, su enorme cuerpo batió el

agua plácida en espuma y partió el mar en olas temblorosas.

Claire apenas se había recuperado de su sorpresa cuando otro macho adulto emergió aún más cerca del barco, todo su cuerpo estremeciéndose en una especie de danza feliz antes de caer de nuevo al agua. En cuestión de minutos el mismo espectáculo se repitió una y otra vez; uno tras otro los machos se erguían verticales a través de la niebla y giraban sobre sus colas, agitando libremente sus aletas parecidas a remos.

Alrededor del barco el mar bullía y espumaba, y éste había empezado a mecerse fuertemente, como si también celebrara la llegada de las ballenas a su comedero. Claire, que observaba este espectáculo, tenía que asirse al barandal para evitar ser arrojada contra las paredes de la cabina del timón.

Y de repente, tan súbitamente como empezó, la demostración tocó su fin, y la manada entera se dedicó al festín de plancton que le ofrecían estas aguas del sur. En vez de las piruetas entusiastas de antes, ahora se zambullían a profundidad y dejaban escapar anillos de burbujas que llegaban a la superficie como redes circulares en las que se arremolinaban innumerables criaturas diminutas. Las ballenas la seguían de cerca, engullendo con sus bocas cavernosas enormes cantidades de plancton, y vertiendo el resto del agua a través de sus enormes mandíbulas.

Claire estaba tan absorta en esta actividad como las ballenas mismas, y por un rato no se percató de nada más. Lo primero que la alertó a un posible peligro fue la leve señal de una forma en movimiento entre la niebla, acompañada de un zumbido bajo, que poco a poco se volvió más alto hasta convertirse en el inconfundible ruido de un motor.

Entonces la vio por segunda vez: ¡la oscura silueta del arponero! La única cosa que hubiera deseado no volver a ver nunca, que hubiera querido convencerse era sólo un mal sueño. Porque estaba segura de que los barcos balleneros ya no existían. Con seguridad lo había leído en libros, en revistas. Y sin embargo allí estaba, navegando en el estrecho canal entre dos icebergs, tan oscuro como aquellos eran pálidos, pero no menos fantasmal. Más hambriento que cualquier orca y mucho más letal.

Fue visible sólo unos cuantos segundos. En un parpadear de ojos ya se desvanecía de nuevo en el manto grisáceo de la niebla. Pero ahora Claire ya no dudaba de su existencia. Estaba aún cerca, rodeando a la manada que comía tranquilamente. Con tan sólo volver la cabeza podía oírlo de nuevo, el murmullo de sus motores semejante a los latidos de un corazón de acero.

—¡Vete! —gritó.

Y luego, a las ballenas que seguían paciendo sin temor:

—¡Váyanse!

Pues prefería verse abandonada en este vasto baldío helado antes que verlas caer bajo el arpón. Pero aunque su voz clara y aguda resonara en el aire inmóvil, no podía penetrar la superficie cristalina del agua, bajo la cual las ballenas nadaban satisfechas en la quieta oscuridad.

De nuevo vio aparecer al arponero, esta vez a su derecha; la silueta delgada y aplanada tenía algo lobuno, su proa saliente armada no de colmillos sino de un cañón de arpones. Se volvió hacia él, y alcanzó a ver una figura humana en la proa, una cara humana que observaba con atención por la mira del cañón. Nunca había visto una cara tan insensible, una mirada tan fría. Abrió

la boca para protestar, pero una vez más el velo de niebla se cerró, y barco y arponero se disolvieron en la nada.

Se dio cuenta entonces de que tenía muy poco tiempo para actuar. Debía advertir a las ballenas del peligro. Con dificultad, pues el dolor en su pierna había retornado, se arrastró hasta la popa, metió los pies en el agua, y... ¡se detuvo! Había esperado que el agua estuviera fría, pero no tanto. Estaba tan helada que quemaba la piel de sus pies desnudos, y el frío penetraba de inmediato a través de la parte inferior de su traje y la calaba hasta los huesos.

Sabía que no podría aguantar mucho en semejante temperatura. Unos cuantos minutos de actividad era todo lo que podía esperar, y luego, rendida por el esfuerzo se dejaría llevar lentamente a... No, no a un sueño. Sabía perfectamente lo que la esperaba allí abajo. ¿No había ya encontrado al tiburón en aguas como éstas, su cuerpo afilado cortándolas como un cuchillo?

Por instinto retiró los pies del agua y subió a bordo. Y fue entonces, cuando aún estaba de rodillas en la popa, indecisa, que el ballenero hizo su tercera y última aparición.

Un sexto sentido debió advertirle de su presencia aún antes de que lo escuchara. El palpitar doloroso de su pierna y el del motor se volvieron uno solo. A sus espaldas la niebla se abrió, desgarrada por una mano invisible, y allí vio, dirigiéndose hacia ella, la punta aguda de la proa del barco. Sobre ella el cañón cargado, y sobre éste, el rostro de ojos fríos, la mirada clavada en un punto más allá de ella.

Se puso de pie torpemente y empezó a agitar los brazos con desesperación, pero el arponero pareció no verla. Sus ojos hambrientos estaban clavados sobre la superficie del agua, en una escena que de algún modo Claire conocía de memoria, sin necesidad de volverse a mirar: el negro azulado del mar dividido por el arco reluciente del cuerpo de la ballena hembra, y en su estela, dentro de la visión del arponero, el lomo moteado, indefenso, del ballenato.

Esta vez no titubeó: saltó al agua y la penetró en un limpio y largo clavado. El golpe del primer contacto le sacó el aire de los pulmones, obligándola a salir a la superficie. Aspiró aire, y forzando con desesperación sus músculos ateridos, se sumergió de nuevo. El agua a su alrededor estaba turbia de plancton; miles de criaturas diminutas, como motas de polvo, bailaban en la débil luz, de modo que era imposible ver más allá de unos cuantos metros. Detrás de ella el ruido del motor se distinguía cada vez más claramente. Con las manos y las piernas ateridas, golpeó las sombras que parecían detenerla hasta que una sombra mucho más grande se movió en las tinieblas.

El ballenato, como siempre, la saludó con un grito de alegría. Ella trató de contestarle con uno de alerta, pero medio congelada como estaba, todo lo que salió de su boca fue un débil ronquido y una lenta estela de burbujas. Sentía que la debilidad empezaba a apoderarse de ella, así que buscó con la mano la aleta dorsal y se encaramó sobre el lomo del animal. El ballenato, pensando que se trataba de un juego, salió disparado hacia la superficie.

Era la peor cosa que podía haber hecho, pues la madre los siguió inmediatamente. Y allí estaban los tres, abandonados a su suerte en el sombría desolación del día antártico, con el arponero cerniéndose sobre ellos.

Por el rabillo del ojo Claire vio al hombre acomodar el cañón, preparándose para disparar. Todos sus instintos la apremiaban a saltar y salvarse y, sin embargo, no podía hacerlo. Para qué había llegado hasta aquí, si no para esto, se preguntó en resumen. Y sorprendiéndose a sí misma, se puso de pie sobre el hocico plano del ballenato, colocando su cuerpo frente a la ruta directa del arpón.

Apenas se había erguido cuando oyó el sordo crujir del disparo, acompañado de un grito cuando el hombre, en un intento desesperado de desviar el arpón del cuerpo de Claire, tiraba del cañón apuntándolo hacia arriba. Pero ella, con los ojos cerrados de terror, ni siquiera se enteró de eso. Escuchó el silbido de algo que pasaba sobre su cabeza, el chirriar de la pesada cuerda desenredándose, y luego el sonido amortiguado de la cabeza del arpón que explotaba inofensivamente bajo la superficie.

Algo que la entristecería más tarde era no haber tenido la oportunidad de despedirse. Apenas hubo sonado la detonación el ballenato se desvaneció bajo sus pies; madre y cría se hundieron como piedras hacia el refugio de la profundidad. Ella quedó náufraga, y la turbulencia del barco arponero al pasar la hundió de nuevo.

La violencia de la corriente que la arrastró hacia abajo, minando sus fuerzas hasta que ya no le quedó voluntad para resistir, por poco acaba con ella. Enterrada en ese mar denso de plancton, el frío como una tenaza de hierro apretando sus pulmones, Claire estuvo a punto de perder el ultimo hilo de fe que la conectaba con este lugar. Su corazón trabajaba en la oscuridad: podía haber estado en cualquier sitio, incluso encerrada en las regiones ciegas de su

propia mente, un mundo interno que no le permitía una salida fácil, donde podía ir más y más profundo, hasta que el silencio y la oscuridad fueran totales.

Pero si ella había salvado al ballenato, al final fue el ballenato quien la salvó a ella. Claire nunca olvidó esto, a pesar de todo lo que la gente diría más tarde. Pues fue el llamado dolorido del ballenato y ninguna otra cosa lo que finalmente penetró en su aislamiento: la voz del joven animal subió desde las profundidades, su sonido dirigiéndola hacia arriba como una luz brillante a través del laberinto de confusión y duda, hasta donde el largo día antártico aún continuaba.

Estaba semiconsciente cuando alcanzó la superficie. El arponero había desaparecido para entonces, devorado para siempre por la niebla. Claire nadó hasta el barco, débil y sin importarle ya lo que fuera de ella. Con el cuerpo aterido de frío, se arrastró por la popa y se dejó caer en la cabina.

Desde allí, acostada, vio pasar los icebergs de color blanco azulado. La lenta procesión le indicaba que el barco estaba otra vez en movimiento, empujado por la misma corriente que la había llevado hasta allí. La idea de que su viaje continuaba cayó sobre su cuerpo helado como un tibio rayo de esperanza. Se le ocurrió que quizá aún podía alcanzar a las ballenas, y montar como antes sobre el lomo del ballenato. Allí, donde los mares del sur terminan, donde todos los viajes comienzan de nuevo, ella y las ballenas podrían....

Su débil esperanza se esfumó unos momentos después, cuando el barco, tras mecerse con estrépito de un lado a otro, se detuvo abruptamente. El impacto la mandó a media escala del camarote, y tuvo que trepar por ella para salir, lo cual fue sorprendentemente fácil, ya que el barco yacía sobre su través:

había encallado en una mesa plana en la base de un iceberg.

Aún temblando de frío, se sujetó al barandal y descendió al hielo. Sobre ella se alzaba un risco blanco azulado que resplandecía aun en medio de la niebla. Así que es aquí donde termina todo, pensó tranquilamente. Aquí, en un mundo de hielo resplandeciente.

Trepó a gatas la pendiente nevada y se sentó apoyada en la pared de hielo. Desde ahí dominaba el mar con la vista: le parecía más azul que en su recuerdo. La niebla se estaba despejando y mientras miraba, las nubes se abrieron y un rayo de sol se filtró, cayendo sobre su cara con inesperada tibieza. Hubo un movimiento en el mar, y de pronto las altas aletas triangulares de punta redondeada de las orcas cortaron limpiamente la superficie de espejo del agua, enseñando la curva bicolor de sus lomos. Claire sonrió y las saludó con la mano, contenta al escuchar los silbidos alegres con que le respondían al pasar, veloces.

Por fin satisfecha, se recostó y cerró los ojos, entregándose al calor del sol y a la modorra que invadió su cuerpo frío como una lenta llama. Lo último que oyó antes de caer dormida fueron las voces de despedida de las orcas. Después se precipitó, no a la oscuridad sino a las profundidades soleadas de un sueño ininterrumpido, en el que las siluetas enormes de las ballenas reanudaban su canto y el ballenato emergía con regocijo de la oscuridad. ❖

Salvada

❖ EL SOL aún calentaba su rostro, pero su luz brillaba ahora a través las ligeras cortinas blancas que la brisa levantaba ociosamente sobre una ventana abierta. Se volvió y al ver la larga fila de camas que llenaba el cuarto se dio cuenta de que estaba en un hospital. Alguien estaba sentado cerca de ella, sujetándole la mano, y otra persona se inclinaba sobre su almohada.

—¡Está despertando! —escuchó decir a su padre en un susurro emocionado.

La cara de su madre, sonriendo con alivio, se acercó a la suya.

Así fue como supo que se había salvado, aunque no fue hasta el día siguiente cuando se sintió con fuerzas suficientes para contar su historia.

Incorporada sobre la cama, con su pierna rota enyesada, describió a sus padres todo lo que le había pasado; empezó en cómo había cortado el mástil y terminó en su encallamiento en el iceberg. No omitió ningún detalle.

Cuando terminó de contar su historia hubo un silencio incómodo. Su madre carraspeó y miró por la ventana abierta.

—Sé que crees que nos dices la verdad, Claire —le dijo su padre con maravilloso, pero sólo un sueño; el tipo de cosa que le sucede a alguien con fiebre alta.

Claire asintió, sin decir nada, simulando que la habían convencido. Y continuó actuando de ese modo no sólo el resto del día, sino en las siguientes visitas de sus padres. Conforme pasaban los días, se le hacía más fácil simplemente darles la razón; mucho más fácil que tratar de responder a todas sus objeciones. Al cabo de una semana, cuando Claire estaba lista para volver a casa, estaba sobreentendido que tampoco ella creía ya en su aventura.

—¿Cómo está Claire de las Ballenas el día de hoy? —le preguntó su madre en tono de broma cuando llegó a recogerla.

Con la ayuda de una enfermera, Claire bajó de la cama y se sentó en la silla de ruedas. Estaba tan feliz de salir del hospital que la burla no le importó.

—Casi lista para otro viaje al Polo Sur —contestó.

Aún reían cuando el padre de Claire llegó con el coche a la entrada del hospital. No lo había visto en un par de días, y su rostro estaba más serio que de costumbre.

—¿Qué esperamos? —le instó la madre, una vez que Claire estuvo acomodada en el asiento de atrás —. Vámonos a casa.

Él titubeó, tenía una mano sobre la marcha del coche y sus ojos buscando los de Claire por el espejo retrovisor.

—Fui a la costa a recoger el barco —explicó—. Y hay un par de cosas que me tienen intrigado.

—¿Y por eso tenemos que quedarnos aquí afuera del hospital? —empezó jovialmente la madre de Claire, pero se interrumpió al ver la expresión en el rostro de su esposo, y también ella se puso seria—. ¿Qué pasa? —preguntó.

—Bueno, el barco está bastante destrozado, como era de imaginarse, pero no lo han tocado. Tiene atada la cuerda de la que habló Claire, dónde ella dijo que la había amarrado: en uno de los postes de la borda de popa, exactamente el sitio donde uno pondría una cuerda para bajar y subir del agua. —Se detuvo un momento para tomar aliento—. También descubrí otra cosa: cuando encontraron a Claire, traía puesto un traje de buceo grueso. No lo habían mencionado antes, pero al parecer estaba endurecido por grandes cantidades de sal. Como si... bueno, como si hubiera pasado mucho tiempo en el agua.

—¿En el agua? —repitió la madre de Claire—. ¿Quieres decir nadando? Pero, no creerás que...

—Espera — la interrumpió él—. Hay una cosa más. Hace media hora, antes de venir a buscarlas, llamé a Greenpeace. Me dijeron que aún existen barcos arponeros. Que se hacen pasar por barcos de investigación, pero que en realidad todavía cazan ballenas.

Se volvió y miró fijamente a Claire. Su madre también la miraba. Los dos dudaban, se volvían hacia su hija en espera de una confirmación.

Claire se sintió tentada a repetir lo que realmente le había pasado, pero de pronto se dio cuenta de que no era necesario. En cierto modo, le bastaba con saber la verdad. Con estar segura en su propia mente de todo lo que había visto y hecho. ¿Acaso no había acompañado a las yubartas en su viaje hacia el sur, uno de los viajes más maravillosos del mundo? ¿No era eso más que suficiente?

Encogió los hombros deliberadamente y bajó los ojos.

—Como ustedes dijeron —contestó—, creo que la mayor parte del tiempo que estuve en el barco estaba delirante. No tenía ni idea de lo que pasaba en realidad.

Pero no era eso lo que pensaba. En secreto, revivía sus días y noches en el mar, se imaginaba las siluetas enormes de las yubartas moviéndose con elegancia en el azul del agua; oía otra vez el llamado agudo del ballenato, su voz apremiante dirigiéndola para salir de la oscuridad de la desesperanza y la duda hacia la luz del día.

La fuerte luz que penetraba por la ventana del coche la hizo parpadear y de pronto le pareció que había partículas de plancton flotando a su alrededor.

—Sí —suspiró—. Cualquier cosa pudo haber pasado mientras estaba allí. Cualquier cosa. ❖

Índice

A la deriva 7

De la profundidad a la superficie 14

Montada sobre la ballena 24

Una deuda saldada 37

El intruso 48

Fin de viaje 58

Salvada 68

Este libro se terminó de imprimir y encuader-
nar en el mes de junio de 2001 en Impreso-
ra y Encuadernadora Progreso, S. A. de C. V.
(IEPSA), Calz. de San Lorenzo, 244; 09830
México, D. F. Se tiraron 7 000 ejemplares.

Una sarta de mentiras
de Geraldine McCaughrean
ilustraciones de Antonio Helguera

—Mamá, lee esto —**dijo Ailsa extendiéndole el libro abierto; luego comenzó a caminar por la tienda, al ritmo de los latidos de su corazón. No podía ser. Él existía. Lo había tocado. Tenía que existir. La vida de otras personas había cambiado a causa de él. Hizo un esfuerzo para recordar los diferentes clientes a quienes Era C. había atendido. ¿Dónde estarían? ¿A dónde se habrían ido? ¿A quién acudir y pedirle prueba de su existencia?**

Geraldine McCaughrean es una autora inglesa muy reconocida; en 1987 recibió el Premio Whitbread en Novela para niños. En la actualidad reside en Inglaterra.

para los grandes lectores

Una vida de película
de José Antonio del Cañizo
ilustraciones de Damián Ortega

El Jefe del Cielo al fin se decidió a hablar:
—Tomad a cualquier hombre del montón y, ¡sacaos de la manga una vida emocionante y llena de acontecimientos!
Sir Alfred Hitchcock dijo:
—Un caballero inglés siempre acepta un desafío. Me comprometo a transformar la vida del más mediocre y aburrido de los hombres que pueblan la tierra en toda una aventura…
¡UNA VIDA DE PELÍCULA! ¿Queréis participar en la aventura, compañeros? **—añadió dirigiéndose a John Huston y a Luis Buñuel.**

José Antonio del Cañizo vive en Málaga, España. En sus obras combina la corriente realista con el estilo y los recursos de la literatura fantástica: "fantasía comprometida", *dice él. Ha obtenido varios premios importantes y sus obras figuran en algunos de los principales catálogos internacionales de literatura infantil y juvenil.*

Una vida de película *ganó el primer premio del I Concurso literario* **A la Orilla del Viento.**

Cuento negro para una negra noche
de Clayton Bess
ilustraciones de Manuel Ahumada

Este pequeño quiere saber cómo es el mal. Les voy a contar
todo acerca del mal. Y también les voy a contar del bien. Es
cosa del corazón. Es la gente y lo que la gente hace. Les voy
a contar la historia de Maima Kiawú. Llegó en su negra
noche, negra como ésta y trajó su mal a nuestra casa. Yo
entonces era un niño y las cosas eran diferentes. Kataka
era una aldea pequeñita y esta misma casa estaba rodeada
de selva, porque el pueblo no había llegado hasta acá a
juntarse con nosotros...

*Clayton Bess nació en Estados Unidos; vivió en Liberia, en el
África Occidental durante tres años; actualmente radica en el sur de
California.*